KB069758

칭 찬 은
고 래 도
춤추게 한다
다이어리 북

21세기북스

사랑하나요?
사랑하세요
사랑합니다
있는 그대로의
나를

───────────── 년에도 칭찬해 마지않는

───────────── 에게

"난 언제나 네 편이야."

칭찬을 많이 받고 자란 그래고래는 이제 그 받은 칭찬
을 돌려주고 싶어 해요. 그래서 친구들에게 늘 따뜻하
고 위로가 되는 말을 많이 하죠.

칭찬은 듣는 사람은 물론, 하는 사람 모두에게 긍정적
인 힘을 줘요. 그런데 정작 나 자신에게는 칭찬하지 않
는 것 같아요. 나를 사랑하는 가장 쉽고 좋은 방법인데
말이죠. 나는 나에게 가장 사랑받고 싶어 한다고요.

매일 스스로 칭찬해보세요. 사소한 것도 괜찮아요. 그
렇게 점점 나는 더욱더 사랑스럽고 괜찮은 사람이 되
어 갈 거예요. 그래고래도 옆에서 함께 할게요.

- 그래고래 -

Name

Address

Mobile

E-Mail

Home Page / SNS

YEARLY CHECK LIST

	1 Jan.	2 Feb.	3 Mar.	4 Apr.	5 May	6 Jun.
1						
2						
3						
4						
5						
6						
7						
8						
9						
10						
11						
12						
13						
14						
15						
16						
17						
18						
19						
20						
21						
22						
23						
24						
25						
26						
27						
28						
29						
30						
31						

	7 Jul.	**8** Aug.	**9** Sept.	**10** Oct.	**11** Nov.	**12** Dec.
1						
2						
3						
4						
5						
6						
7						
8						
9						
10						
11						
12						
13						
14						
15						
16						
17						
18						
19						
20						
21						
22						
23						
24						
25						
26						
27						
28						
29						
30						
31						

1월의
설레는 나에게

01

January

SUN	MON	TUE

WED	THU	FRI	SAT
———	———	———	———
———	———	———	———
———	———	———	———
———	———	———	———
———	———	———	———

MON

_____

TUE

_____

WED

_____

THU

_____

FRI

_____

SAT

_____

SUN

_____

그래!
너는 사랑받으면서
아름다울 가치가 있어.

MON

———

TUE

———

WED

———

THU

———

FRI
___

SAT
___

SUN
___

그래!
그저 가만히 하늘을 봐.

FEEL AT
HOME!

MON

_____

TUE

_____

WED

_____

THU

_____

FRI

_____

SAT

_____

SUN

_____

그래!
눈을 뜰 수 있는 아침이 있어.

MON

_____

TUE

_____

WED

_____

THU

_____

FRI

_____

SAT

_____

SUN

_____

그래!
돌아가도 괜찮아. 멀지 않다구.

21

MON

_____

TUE

_____

WED

_____

THU

_____

FRI
___

SAT
___

SUN
___

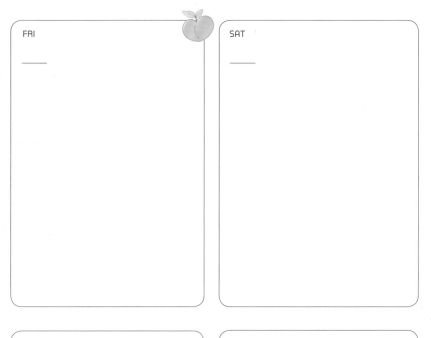

그래!
너라서 가능했던 것들이 많아.

✦ 1월의 칭찬 Best 3

-
-
-

✦ 1월에 가장 행복했던 것

✦ 1월에 가장 아쉬웠던 것

✮ 1월에 가장 칭찬하고 싶은 사람

✮ 1월을 마무리하는 나에게 하고 싶은 말

✮ 다음 달에 가장 하고 싶은 것

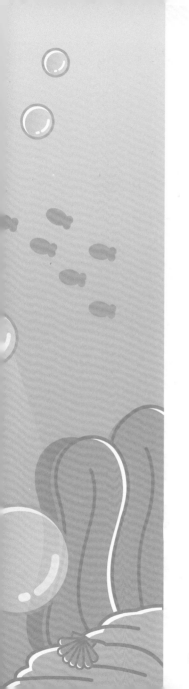

2월의
반짝이는 나에게

February

02

February

SUN	MON	TUE

WED	THU	FRI	SAT
—	—	—	—
—	—	—	—
—	—	—	—
—	—	—	—
—	—	—	—

MON
_____

TUE
_____

WED
_____

THU
_____

FRI

_____

SAT

_____

SUN

_____

그래!
사실은 널 많이 좋아해.

31

MON

_____

TUE

_____

WED

_____

THU

_____

FRI

_____

SAT

_____

SUN

_____

그래!
나는 내가 가장 사랑해줘야 해.

MON

———

TUE

———

WED

———

THU

———

FRI
_____

SAT
_____

SUN
_____

그래!
나에게 일어나는 모든 건 기적이야.

35

MON

_____

TUE

_____

WED

_____

THU

_____

FRI
_____

SAT
_____

SUN
_____

그래!
무엇보다 내가 중요한 지금이야.

MON

_____

TUE

_____

WED

_____

THU

_____

FRI

_____

SAT

_____

SUN

_____

그래!
너에게 찾아온 변화를 즐겨봐.

✴ 2월의 칭찬 Best 3

-
-
-

✴ 2월에 가장 행복했던 것

✴ 2월에 가장 아쉬웠던 것

✦ 2월에 가장 칭찬하고 싶은 사람

✦ 2월을 마무리하는 나에게 하고 싶은 말

✦ 다음 달에 가장 하고 싶은 것

3월의
따스한 나에게

M a r c h

03

March

SUN	MON	TUE

WED	THU	FRI	SAT
—	—	—	—
—	—	—	—
—	—	—	—
—	—	—	—
—	—	—	—

MON

_____

TUE

_____

WED

_____

THU

_____

FRI
____

SAT
____

SUN
____

그래!
난 항상 네 생각이 나거든.

MON

_____

TUE

_____

WED

_____

THU

_____

FRI

_____

SAT

_____

SUN

_____

그래!
너와 나, 거짓말처럼 완벽해.

49

MON

_____

TUE

_____

WED

_____

THU

_____

FRI

_____

SAT

_____

SUN

_____

그래!
가장 행복하고 나답게 웃어.

MON
_____

TUE
_____

WED
_____

THU
_____

_____

_____

H O P E

_____

그래!
혼자만의 시간을 가져봐.

MON

_____

TUE

_____

WED

_____

THU

_____

FRI

_____

SAT

_____

SUN

_____

그래!
난 내가 제일 좋아.

55

✦ 3월의 칭찬 Best 3

-
-
-

✦ 3월에 가장 행복했던 것

✦ 3월에 가장 아쉬웠던 것

✦ 3월에 가장 칭찬하고 싶은 사람

✦ 3월을 마무리하는 나에게 하고 싶은 말

✦ 다음 달에 가장 하고 싶은 것

4월의
향긋한 나에게

A   p   r   i   l

04

April

SUN	MON	TUE

WED	THU	FRI	SAT
—	—	—	—
—	—	—	—
—	—	—	—
—	—	—	—
—	—	—	—

MON

_____

TUE

_____

WED

_____

THU

_____

FRI

_____

SAT

_____

SUN

_____

그래!
넌 나에게 가장 커다란 꽃이야.

MON

_____

TUE

_____

WED

_____

THU

_____

FRI

_____

SAT

_____

SUN

_____

그래!
언제나 내 사랑은 자라고 있어.

65

MON

___

TUE

___

WED

___

THU

___

FRI
_____

SAT
_____

SUN
_____

그래!
널 기다리는 시간은 항상 설레어.

MON

_____

TUE

_____

WED

_____

THU

_____

FRI

_____

SAT

_____

SUN

_____

그래!
해 봐. 어렵지 않아.

MON

_____

TUE

_____

WED

_____

THU

_____

FRI
——

SAT
——

SUN
——

그래!
비켜~ 오늘은 내 맘대로 할 거야.

71

★ 4월의 칭찬 Best 3

-
-
-

★ 4월에 가장 행복했던 것

★ 4월에 가장 아쉬웠던 것

❉ 4월에 가장 칭찬하고 싶은 사람

❉ 4월을 마무리하는 나에게 하고 싶은 말

❉ 다음 달에 가장 하고 싶은 것

5월의
성숙한 나에게

M   a   y

05

May

SUN	MON	TUE

WED	THU	FRI	SAT
—	—	—	—
—	—	—	—
—	—	—	—
—	—	—	—
—	—	—	—

MON

———

TUE

———

WED

———

THU

———

FRI	SAT
___	___

SUN	
___	**그래!** 내 마음에는 항상 꽃이 피고 있어.

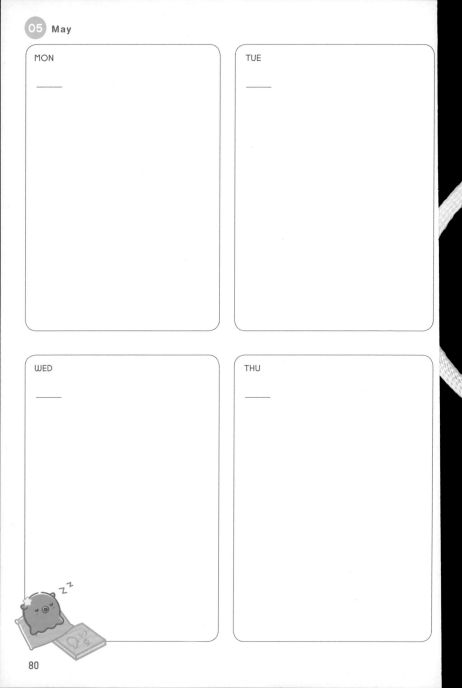

05 May

MON
————

TUE
————

WED
————

THU
————

FRI

_____

SAT

_____

SUN

_____

그래!
넌 이리저리 자유롭 ㅅ ㅇ ㅈ

그래고래호

MON

_____

TUE

_____

WED

_____

THU

_____

FRI
_____

SAT
_____

SUN
_____

그래!
오늘도 잘 지냈어.
내일도 잘 지내자.

MON

_____

TUE

_____

WED

_____

THU

_____

FRI

_____

SAT

_____

SUN

_____

그래!
우리만의 공간에서 너와 내가 쌓여.

MON

_____

TUE

_____

WED

_____

THU

_____

FRI

_____

SAT

_____

SUN

_____

그래!
나는 사랑받아야 해. 나에게~

☀ 5월의 칭찬 Best 3

-
-
-

☀ 5월에 가장 행복했던 것

☀ 5월에 가장 아쉬웠던 것

✦ 5월에 가장 칭찬하고 싶은 사람

✦ 5월을 마무리하는 나에게 하고 싶은 말

✦ 다음 달에 가장 하고 싶은 것

6월의
경쾌한 나에게

June

06

June

SUN	MON	TUE
—	—	—
—	—	—
—	—	—
—	—	—
—	—	—
—	—	—

WED	THU	FRI	SAT
—	—	—	—
—	—	—	—
—	—	—	—
—	—	—	—
—	—	—	—

MON

_____

TUE

_____

WED

_____

THU

_____

FRI

———

SAT

———

SUN

———

그래!
언제나 KEY는 있기 마련이야.

95

MON

_____

TUE

_____

WED

_____

THU

_____

FRI

_____

SAT

_____

SUN

_____

그래!
칭찬은 고래도 춤추게 한다구.

97

MON
_____

TUE
_____

WED
_____

THU
_____

FRI

_____

SAT

_____

SUN

_____

그래!
말없이 안아주는 게 너무 좋아.

MON
——

TUE
——

WED
——

THU
——

FRI
———

SAT
———

HOPE

SUN
———

그래!
내가 너의 우산이 되어줄게.

찰싹

MON

_____

TUE

_____

WED

_____

THU

_____

FRI

_____

SAT

_____

SUN

_____

그래!
오늘도 만나게 된 오늘이 너무 즐거워.

✦ 6월의 칭찬 Best 3

-
-
-

✦ 6월에 가장 행복했던 것

✦ 6월에 가장 아쉬웠던 것

✦ 6월에 가장 칭찬하고 싶은 사람

✦ 6월을 마무리하는 나에게 하고 싶은 말

✦ 다음 달에 가장 하고 싶은 것

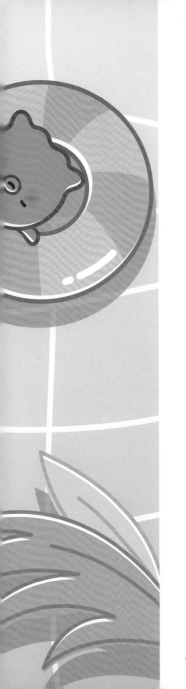

7월의
신나는 나에게

J u l y

07

July

SUN	MON	TUE

WED	THU	FRI	SAT
—	—	—	—
—	—	—	—
—	—	—	—
—	—	—	—
—	—	—	—

MON

_____

TUE

_____

WED

_____

THU

_____

FRI

_____

SAT

_____

SUN

_____

그래!
너와의 시간은 너무 빨라.

111

MON
_____

TUE
_____

WED
_____

THU
_____

FRI

_____

SAT

_____

SUN

_____

그래!
너에겐 너만의 세상이 있어.

MON

_____

TUE

_____

WED

_____

THU

_____

FRI

_____

SAT

_____

SUN

_____

그래!
다른 사람의 시선은
그리 중요하지 않아.

MON

___

TUE

___

WED

___

THU

___

FRI

_____

SAT

_____

SUN

_____

그래!
쉬고 싶을 땐 쉬는 거야.

MON

_____

TUE

_____

WED

_____

THU

_____

FRI

_____

SAT

_____

SUN

_____

그래!
이런 소소한 행복이 좋아.

✹ 7월의 칭찬 Best 3

-
-
-

✹ 7월에 가장 행복했던 것

✹ 7월에 가장 아쉬웠던 것

✦ 7월에 가장 칭찬하고 싶은 사람

✦ 7월을 마무리하는 나에게 하고 싶은 말

✦ 다음 달에 가장 하고 싶은 것

8월의
뜨거운 나에게

August

08

August

SUN	MON	TUE
—	—	—
—	—	—
—	—	—
—	—	—
—	—	—
—	—	—

WED	THU	FRI	SAT
—	—	—	—
—	—	—	—
—	—	—	—
—	—	—	—
—	—	—	—
—	—	—	—

MON

_____

TUE

_____

WED

_____

THU

_____

FRI

_____

SAT

_____

SUN

_____

그래!
누가 뭐래도 내가 제일 중요해.

MON

_____

TUE

_____

WED

_____

THU

_____

FRI
———

SAT
———

SUN
———

그래!
네가 항상 날 바라봐 주면 난 더 빛나.

MON

_____

TUE

_____

WED

_____

THU

_____

FRI

———

SAT

———

SUN

———

그래!
너의 도전을 응원해.

MON
———

TUE
———

WED
———

THU
———

FRI
———

SAT
———

SUN
———

그래!
네가 주는 편안함 덕분에 다행이야.

MON
_____

TUE
_____

WED
_____

THU
_____

FRI

_____

SAT

_____

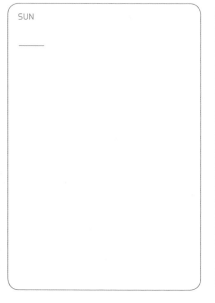

SUN

_____

그래!
네 꿈은 항상 좋은 꿈이길 바래.

✦ 8월의 칭찬 Best 3

-
-
-

✦ 8월에 가장 행복했던 것

✦ 8월에 가장 아쉬웠던 것

✦ 8월에 가장 칭찬하고 싶은 사람

✦ 8월을 마무리하는 나에게 하고 싶은 말

✦ 다음 달에 가장 하고 싶은 것

9월의
괜찮은 나에게

09

September

SUN	MON	TUE

WED	THU	FRI	SAT
—	—	—	—
—	—	—	—
—	—	—	—
—	—	—	—
—	—	—	—

MON

___

TUE

___

WED

___

THU

___

FRI

_____

SAT

_____

SUN

_____

그래!
넌 내 옆에 있어주기만 해도 돼.

Stand by me

143

MON
———

TUE
———

WED
———

THU
———

FRI
____

SAT

SUN
____

그래!
넌 내 마음을 읽어주는 고마운 사람

MON

———

TUE

———

WED

———

THU

———

FRI
_____

SAT
_____

SUN
_____

그래!
너와 함께라면
매일이 축제같아.

MON

_____

TUE

_____

WED

_____

THU

_____

H O P E

그래!
어둠 속에서도 찾을 수 있는 너.

MON

_____

TUE

_____

WED

_____

THU

_____

FRI

_____

SAT

_____

SUN

_____

✨ 9월의 칭찬 Best 3

-
-
-

✨ 9월에 가장 행복했던 것

✨ 9월에 가장 아쉬웠던 것

✸ 9월에 가장 칭찬하고 싶은 사람

✸ 9월을 마무리하는 나에게 하고 싶은 말

✸ 다음 달에 가장 하고 싶은 것

10월의
맑은 나에게

10

October

SUN	MON	TUE

WED	THU	FRI	SAT
—	—	—	—
—	—	—	—
—	—	—	—
—	—	—	—
—	—	—	—

MON

_____

TUE

_____

WED

_____

THU

_____

FRI
_____

SAT
_____

SUN
_____

그래!
조용히 들어봐.
네 마음이 자라는 소리를

MON
———

TUE
———

WED
———

THU
———

FRI

_____

SAT

_____

SUN

_____

그래!
답답한 건 벗어던져.

MON
___

TUE
___

WED
___

THU
___

FRI
_____

SAT
_____

SUN
_____

그래!
넌 쉬지 않고 빛나.

MON

_____

TUE

_____

WED

_____

THU

_____

FRI

_____

SAT

_____

SUN

_____

그래!
그렇게 예쁜 눈을 하고서 날 봐줘.

MON

_____

TUE

_____

WED

_____

THU

_____

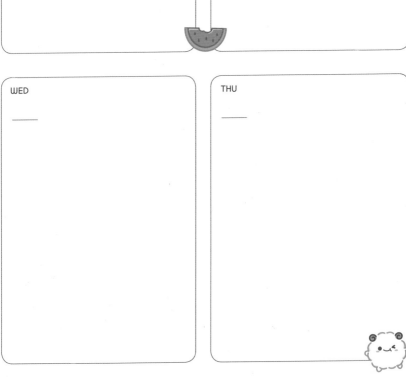

FRI

SAT

SUN

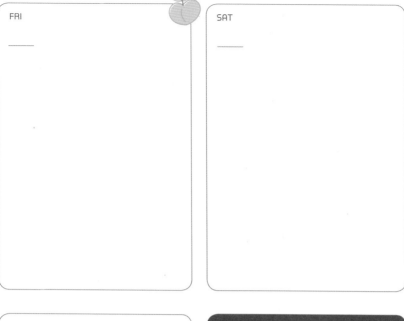

그래!
어디든 어떻게든 무엇을 하든.

🌟 10월의 칭찬 Best 3

-
-
-

🌟 10월에 가장 행복했던 것

🌟 10월에 가장 아쉬웠던 것

✹ 10월에 가장 칭찬하고 싶은 사람

✹ 10월을 마무리하는 나에게 하고 싶은 말

✹ 다음 달에 가장 하고 싶은 것

11월의
특별한 나에게

11

November

SUN	MON	TUE

WED	THU	FRI	SAT
—	—	—	—
—	—	—	—
—	—	—	—
—	—	—	—
—	—	—	—

MON

_____

TUE

_____

WED

_____

THU

_____

FRI
_____

SAT
_____

SUN
_____

그래!
어딘가로 계속 여행하는 기분이야.

MON

_____

TUE

_____

WED

_____

THU

_____

FRI
———

SAT
———

SUN
———

그래!
실패했더라도 그게 선물이 될 수 있어.

177

MON

_____

TUE

_____

WED

_____

THU

_____

FRI

_____

SAT

_____

SUN

_____

그래!
심장이 뛰듯 넌 항상 뛰고 있어.

MON

_____

TUE

_____

WED

_____

THU

_____

FRI
———

SAT
———

SUN
———

그래!
틀려도 돼. 지우면 되니까.

MON

_____

TUE

_____

WED

_____

THU

_____

FRI
———

SAT
———

SUN
———

그래!
내가 날 사랑하는만큼
행복이 찾아올 거야.

✦ 11월의 칭찬 Best 3

-
-
-

✦ 11월에 가장 행복했던 것

✦ 11월에 가장 아쉬웠던 것

❀ 11월에 가장 칭찬하고 싶은 사람

❀ 11월을 마무리하는 나에게 하고 싶은 말

❀ 다음 달에 가장 하고 싶은 것

12월의
사랑하는 나에게

12

December

SUN	MON	TUE

MON

———

TUE

———

WED

———

THU

———

FRI

_____

SAT

_____

SUN

_____

그래!
너의 내일을 기대해도 돼.

MON

_____

TUE

_____

WED

_____

THU

_____

FRI

_____

SAT

_____

SUN

_____

그래!
지금부터 난 더 놀라울 거야.

MON
_____

TUE
_____

WED
_____

THU
_____

FRI

_____

SAT

_____

SUN

_____

그래!
오늘도 뭔가 될 것 같은 날이야.

MON

_____

TUE

_____

WED

_____

THU

_____

FRI

___

SAT

___

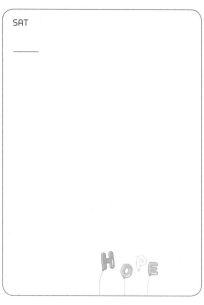

SUN

___

그래!
매일 퍼즐 조각을 맞춰보는 거야.

MON

_____

TUE

_____

WED

_____

THU

_____

FRI

_____

SAT

SUN

_____

그래!
행복해져라~ 행복해져라~

199

✦ 12월의 칭찬 Best 3

  ·

  ·

  ·

✦ 12월에 가장 행복했던 것

✦ 12월에 가장 아쉬웠던 것

✿ 12월에 가장 칭찬하고 싶은 사람

✿ 12월을 마무리하는 나에게 하고 싶은 말

✿ 다음 달에 가장 하고 싶은 것

FREE
NOTE

귀욤뿜뿜 그래고래는?

'칭찬은 고래도 춤추게 한다'를 모티브로 탄생한 고래 캐릭터입니다.

하늘을 좋아하는 그래고래는 바다에 비친 구름을 보고 자신이 살고 있는 곳이 '구름섬'이라고
생각하며 살고 있었어요.
그러던 어느 날 하늘에 떠 있던 양떼구름 한 조각이 실수로 바다에 떨어졌어요. 하얗고 사랑스
러운 모습의 작은 구름을 본 그래고래는 "너 정말 귀엽다."라고 칭찬을 해주었죠. 바다에 떨어져
울고 있는 구름 조각은 그래고래에게 홀딱 반해 항상 그래고래를 따라다니게 되었고, 그렇게 그
래고래의 단짝인 '구르미양'이 되었어요.
구름섬에서는 그래고래와 구르미양 그리고 춘부기, 봉달, 낭만찡, 무노무노, 파파리, 멍게베베
친구들이 함께 재미있고 사랑스러운 이야기를 만들어 가고 있답니다.

그래고래 난 언제나 네 편이야

칭찬을 많이 받아온 고래. 이제 그 받은 칭찬을 돌려주려 해요. 그래서 친구들에게 늘 따뜻하고 위로가 되는 말을 많이 해주죠. 순수하고 긍정적인 성격으로 춤추는 것을 좋아하지만 본인만 모르는 몸치라네요. 말풍선처럼 생긴 배에는 낙서도 할 수 있고 메시지를 전달할 수 있어요.

구르미양 구름섬의 귀염 살벌한 실세

실수로 바다에 떨어진 양떼구름이에요. 그래고래의 "너 정말 귀엽다." 한 마디에 반해 그래고래를 따라다니다 절친이 되었어요. 몸을 크~게 부풀릴 수 있는 능력이 있대요. 구름섬의 실세답죠?

촌부기 차가운 바다 남자

무뚝뚝한 성격으로 표정 변화가 적으며 대답은 늘 단답형. 하지만 반려동물인 봉달에게만은 수다스럽다네요. 어느 날 바다에 떠다니는 비닐봉지를 데려와 반려동물로 키우게 되었어요. 바로 봉달이죠.

봉달 촌부기의 귀여운 반려동물

'부우'라는 말을 하며 귀엽게 통통거리며 움직여요. 좋아하는 것은 촌부기, 싫어하는 것은 혼자 집 지키는 것. 장난꾸러기 멍게베베들 때문에 가끔 매듭이 풀려 기절하기도 해요.

멍게베베 귀여운 사고뭉치들

무리 지어 굴러다니는 아기 멍게들. 언제나 해맑게 웃고 있죠. 하지만 엄청난 장난기로 사고를 치고 다녀요. 화가 나면 얼굴이 빨개지며 뾰루지가 솟아나요.

낭만찡 관상용 남친

짙은 눈썹, 깊은 눈동자, 오똑한 코. 구름섬의 안구정화남으로 한때 많은 바다소녀들의 짝사랑 상대였으나, 눈치없는 아재스타일로 한순간에 관상용 남친으로 전락했죠. 성실하고 바른 성격으로 기타와 시를 좋아하는 음유시인이랍니다.

무노무노 사랑에 빠진 허당소녀

별을 닮은 노란 불가사리인 불리불리를 진짜 별이라 생각하고 지금까지 몸에 꼭 붙이고 다녀요. 귀엽고 사랑스러운 무노무노는 덜렁대는 성격으로 늘 실수 연발이죠. 눈치 없는 낭만찡과 티격태격하다가 낭만찡을 짝사랑하게 되었어요.

파파리 전형적 집돌이

흐물흐물한 몸처럼 우유부단한 성격의 파파리는 중요한 일이 아니면 집 밖으로 잘 나가지 않아요. 그 이유가 집에서 혼자 파티를 즐기기 때문이라는 소문이 있죠.

내년에 또 만나요!

KI신서 7837

칭찬은 고래도 춤추게 한다 다이어리북

1판 1쇄 발행 2018년 11월 1일
1판 2쇄 발행 2018년 12월 10일

펴낸이 김영곤 박선영 **펴낸곳** (주)북이십일 21세기북스

이사 이유남
융합사업본부장 신정숙
마케팅본부장 이은정
개발팀장 이장건 **기획개발** 김은지
캐릭터 일러스트 서소민 **디자인** 한성미
마케팅 변유경 한아름 김미정 김정은 백윤진 김은솔 최성환 나은경 송치헌 한충희 최명열 김수현
영업 김창훈 오하나 이경학 **제작팀** 이영민

출판등록 2000년 5월 6일 제406-2003-061호
주소 (우 10881) 경기도 파주시 회동길 201(문발동)
대표전화 031-955-2100 **팩스** 031-955-2151 **이메일** book21@book21.co.kr

(주)북이십일 경계를 허무는 콘텐츠 리더

21세기북스 채널에서 도서 정보와 다양한 영상자료, 이벤트를 만나세요!
페이스북 facebook.com/21cbooks   블로그 b.book21.com
인스타그램 instagram.com/book_twentyone 홈페이지 www.book21.com
그래고래 인스타그램 instagram.com/graegorae

ISBN 978-89-509-7784-9 13000